ÉPITRE

AU

PAPIER.

Juillet 1819.

ÉPITRE
AU PAPIER.

Aimable ami, sans cesse dévoué,
De la candeur simple et modeste image,
Papier charmant, salut! Que d'âge en âge
Par nos neveux ton mérite avoué,
Leur tourne à bien et jamais à dommage!

Rempli pour toi du plus tendre intérêt,
Depuis long-temps j'avais fait le projet
De te rimer, à mon aise, une Épitre;
Mais jusqu'ici je n'en fis que le titre....
Dans ce Paris tout est improvisé;
Et bien qu'on croie encore au libre arbitre,
A ce qu'on fait a-t-on bien avisé?
Fait-on toujours ce qu'on s'est proposé?

Toi, sans projets, innocent, impassible,
Prêt à toute heure, à chacun accessible,
Tu souffres tout; et tu sers au hasard
Le sentiment comme l'indifférence,
Les gens d'esprit, les sots et l'opulence,
Et la misère.... Enfin, de toute part,
Tu dis aussi: *Nec pluribus impar.*

Mon œil, partout, te rencontre et t'admire.
Là, sur le front de la fille des champs,
Ombrelle étroite et qui sait lui suffire,
Quand du soleil les feux éblouissants

Blessent les yeux pour qui Gros-Jean soupire.
Là, ses rayons, que tu fais diverger,
Ne percent plus la vitre diaphane;
Collé, tendu sur un cadre léger,
Au scieur de long, comme au moderne Albane,
A la brodeuse ainsi qu'à l'armurier,
Tu vas fournir un jour plus régulier.

Dans les beaux jours de nos fêtes publiques,
En traits de feu, je vois jaillir par toi,
Du sein des lys, nos emblèmes antiques,
Ce cri français, le cri VIVE LE ROI!
Des écoliers, en bruyante cohue,
Sur les hauteurs, courant contre le vent,
Enlèvent-ils un large cerf-volant,
Tu vas bientôt te perdre dans la nue.
Mais des marmots, d'un talent peu prouvé,
Essayent-ils, au milieu de la rue,
Le même jeu qu'ils ont mal observé;
Mon pauvre ami, quelle déconvenue!
Tombant vingt fois et vingt fois relevé,
Tu viens, hélas! raboter le pavé;
Ou je te vois, pour comble de misère,
De tes débris orner le réverbère!
Dans nos festins, au manche d'un gigot
Avec éclat paraît ta seigneurie;
Ou, pour orner l'odorante bougie,
Sur la bobèche on t'ajuste en jabot.
Qu'entends-je, ô ciel! Le bruit de la pincette!
A la cuisine, où le charbon t'attend,
Va sur le gril, va, nouveau Saint-Laurent,
Rôtir, enfin, avec la côtelette.

Mais reprenons de plus doux entretiens.
Te souviens-tu de ma prison d'Amiens?
De ce couvent où les vertus badines
D'un Proconsul, qui s'y connaissait bien,
Nous envoyaient pour notre plus grand bien ?
C'était, tu sais, le couvent des Nérines.
Là, pêle-mêle, entre nous inconnus ,
Et différens et de sexes et d'âges ,
Dans un parloir entassés et reclus ,
Nous étions là, fort légers de bagages,
Tout étonnés , et, malgré nous , très-sages.
C'était alors le temps républicain :
Pour lit, d'abord , nous eûmes de la paille
Fraîche.... à peu près ; enfin vaille que vaille.
Mais bientôt las d'un coucher si mesquin
Et de dormir en veste, en casaquin ,
Chacun de nous obtient la grâce insigne,
(Sur l'exposé qu'avec respect il signe)
De se pourvoir de ses deux matelas,
De sa couchette et même de ses draps.
Nous voilà bien. Mais dans l'unique pièce
Qui nous servait, en commun, de dortoir,
Couchait aussi la féminine espèce :
Il n'était là ni rideaux, ni boudoir;
Et face à face on pouvait tous se voir.
Sache, au surplus, que l'austère décence
Fut observée en cette circonstance :
Pour chaque sexe on choisit un côté,
En déférant le choix à la beauté.
Etait-ce assez ? En vain la modestie
Nous apprend l'art de nous déshabiller;
D'un corps de femme est-il quelque partie

Qui n'ait son charme ?.... On ne peut tout voiler...
Et puis la nuit, quand il fait clair de lune,
Dort-on toujours ?.... Puis il faut se lever....
Quel embarras ! Quelle chance importune !
Que ferons-nous, disait, à demi-voix,
La jeune fille, en parlant à sa mère ?
Comment pouvoir... — Rassure-toi, ma chère :
A ton lever, voilà ce que j'y vois,
Derrière moi tu feras ta toilette ;
Puis à ton tour, te mettant devant moi,
En peu de temps la mienne sera faite....
On chuchotait, on était en émoi.
Mais tu parais ; grâce te soit rendue !
Soudain deux clous dont la tête est tordue,
Dans les deux murs, artistement plantés,
D'un long cordeau soutiennent l'étendue
Qui du dortoir sépare les côtés....
Plus d'embarras ! Nos dames confiantes
En te voyant cessent de s'effrayer ;
Et le cordeau, par leurs mains diligentes,
Est revêtu d'un rempart de papier !
Ce fut ainsi qu'en ce moment d'alarmes,
Adroitement protégeant la beauté,
De nos regards tu défendis ses charmes,
Et nous fournis un sujet de gaîté !

   A chaque instant ton zèle nous prépare
Un agrément, un plaisir, un bienfait ;
Qui donc pourrait, observateur barbare,
De tes vertus méconnaître l'effet ?
   Que l'on visite une manufacture,
On est bien sûr de t'y voir employé ;

Et sans parler de celle où la peinture,
Par longs rouleaux, te façonne en tenture
Pour le seigneur ou le mince employé ;
Dans celle-ci, cœur, carreau, trèfle et pique,
Dames et rois, et valets qu'on t'applique,
Quand tu seras rougi, noirci, frotté,
Et dans toi-même enfin empaqueté,
Nous offriront une ressource unique....
Car c'est par toi qu'on joue à l'écarté.
Ailleurs, gardant un dehors plus rustique,
Ta large feuille est pressée en carton.
Et cette épingle, industrieux laiton,
A tête ronde, à la pointe acérée !
C'est dans tes plis qu'en phalange serrée,
Elle offre une arme au fichu de Marton.
Ici, tu prends une forme carrée
Pour contenir cet instrument banal,
Acier piquant, non forgé pour le mal,
Et dont la tête étroite et perforée
Traîne un long fil sur sa trace assurée.
Je t'avais vu, remplaçant le gayac,
Tous les bois durs, le fer, le cuivre encore,
Faire rouler sur le parquet sonore,
Le lit pompeux, la table de trictrac ;
Mais récemment, dit-on, tu viens d'atteindre
A la hauteur d'un important emploi ;
La mécanique, en grand, se sert de toi :
Tu lui fournis l'inflexible cylindre !
Un autre fait, et, bien qu'il soit ancien,
Pour ton honneur je ne dois pas l'omettre :
C'est ton concours à l'art de l'opticien.

De son bassin couvrant le diamètre,
Et sous la main d'un adroit ouvrier,
Tu sais polir le verre encor grossier;
Et ces beaux flints, cristaux orbiculaires,
Ces objectifs, ces nombreux oculaires,
Qui les finit?.... Un morceau de papier!
Convenons-en : sans toi, point de lunettes;
Et sans lunette, adieu lointains exploits;
Adieu, savans, qui guettez les planètes,
Qui leur donnez votre nom et des lois....
Veuves de vous, les voilà bien refaites!
Et vierge encor de votre œil vagabond,
Telle, là haut, libre dans son allure,
Jamais pour vous déliant sa ceinture,
N'écartera son voile pudibond!
Adieu du ciel les sublimes miracles;
Lorgnette, adieu; partant plus de spectacles.
Mais est-ce un songe, une réalité?
Ne doutons plus : oui, c'est la vérité.
Quoi! c'est donc toi, toi que je vois encore :
Toi qui, naguère, humble servant de Flore,
Te contentais d'entourer à moitié
Le frais lilas offert par l'amitié;
Ambitieux! tu courtises l'aurore!
Et rose, œillet, anémone ou jasmin,
Tu trompes l'œil, et veux tenter la main!
A de tels jeux, va, que rien ne s'oppose;
Nous sourions à ta métamorphose.

  Dans la boutique, ainsi qu'à l'atelier,
Pour mille objets on se sert du papier.
Achète-t-on la moindre marchandise

Ou d'agrément ou bien de friandise,
Ou de caprice ou de nécessité ;
C'est du papier l'obligeante entremise
Qui sait cacher ce qu'il faut qu'on déguise,
Et donne à tout un air de propreté.

Oui, le papier partout est nécessaire ;
Sans le papier on ne fait nulle affaire.
Dans les comptoirs, l'étude ou les bureaux,
On le transforme en argent, bordereaux,
Actes enfin par qui, propriétaire,
Chacun jouit du fruit de ses travaux.
Mais quel beau jour ! Un notaire en besicles
Vient, au milieu d'un cercle de parents,
D'un long contrat nous lire les articles :
Chacun l'écoute.... Hormis nos jeunes gens ;
Tout au bonheur, ils ne s'informent guère
Quelle est la dot, quel sera le douaire ;
Mais le papier qu'ils signeront bientôt
Va les unir ! c'est tout ce qu'il leur faut.

C'est avec toi qu'on fait ces bons ouvrages
Que chacun lit sans jamais s'ennuyer :
Mais, trop souvent, l'éditeur de ces pages,
En spéculant, gâte bien du papier.
J'entre en passant chez mon loyal libraire :
—Vous pressentiez, Monsieur, la chose est claire,
Qu'un de ces jours j'aurais été chez vous.
— Quoi de nouveau ? — C'est le nouveau Voltaire
Que fait *Urbain*, qui fait tant de jaloux....
— Fi donc, mon cher ; vous moquez-vous de nous ?
Formellement vous pouvez en prendre acte,
Je ne veux point d'édition compacte,
Vous le savez : justification,

Papier bien blanc, surtout de belles marges;
Sans marges, rien; je les veux des plus larges :
Telle est, pour moi, la belle édition.
Oui, cher papier, en dépit de la mode,
Tu peux toujours, aux yeux de l'amateur,
Doubler le prix du plus célèbre auteur :
Et nos Didot n'ont pas d'autre méthode.
— Bravo, Monsieur ! car, à vous parler franc,
(Me dit alors le marchand véridique)
Je voudrais bien changer en papier blanc
Tout le fatras qui garnit ma boutique.
  Si tu fais tant pour le bon éditeur,
Ne fais-tu rien aussi pour l'imprimeur ?
Dans son local, et quel qu'en soit l'espace,
C'est toujours toi qu'on voit à chaque place.
Papier en rame, et c'est là ton début;
Papier qu'on ouvre et que l'on examine;
Papier de choix et papier de rebut;
Papier qu'on porte auprès de la bassine;
Papier qu'on trempe avec dextérité;
Papier qu'on pose avec soin sous la presse;
Papier qu'on lève, imprimé d'un côté,
Sur l'autre forme avant peu reporté;
Papier lissé, sous la vis qui le presse
Et du foulage efface la rudesse;
Papier qui sèche au moyen du cordeau
Qui le reçoit étendu pièce à pièce;
Papier, enfin, qu'au moyen du couteau,
La jeune fille à bien plier s'empresse.
Papier devant le froid compositeur,
Devant le prote, un tant soit peu docteur,

Devant celui qui revoit les épreuves ,
Et trouve encor des fautes toutes neuves ;
Papier partout ; et je vois l'ouvrier
Couvrir son chef d'un bonnet de papier.
   Chez l'imprimeur en stéréotypie ,
Lorsque la forme assemblée avec art ,
Et resserrée en un ferme rempart ,
Présente en bronze une page remplie ;
A cette page il faut donner la vie ,
Et que le bronze à l'instant soit rendu
En un seul bloc, sur le métal fondu.
Pour obtenir cette brûlante empreinte ;
Qui va servir et de lit et d'enceinte
Au flot ardent tout prêt à s'épancher ?
Est-ce l'acier que l'on ira chercher ?
Non : au papier l'on se livre sans crainte ;
Et c'est toi seul que l'on voit chez Herhan ,
Comme au biscuit, se faire au plomb bouillant.
   Après ce coup, te voilà passé maître.
Que dis-je, ami ! qu'on t'adresse en tous lieux
Le pur encens qu'on doit aux demi-dieux !
Pour tes bienfaits ce n'est pas trop peut-être.
   Mais ton vrai temple est chez le papetier.
Là , plus qu'ailleurs brillant, et moins inculte ,
Tu te produis sans tache et tout entier :
C'est là que j'aime à te rendre mon culte.
Quelle fraîcheur ! quelle suavité !
Et combien d'ordre avec tant d'abondance !
De beaux châssis t'offrent en évidence
A l'amateur qui s'arrête enchanté ;
Et la marchande à son comptoir s'élance.

J'entre, je vois, et rien ne m'est suspect;
Pourtant j'hésite et demeure immobile...
Tant de papier imprime le respect !
Mais devant moi maint acheteur défile;
Mon cœur jaloux tressaille à cét aspect :
Ils vont jouir, me dis-je, et circonspect,
Moi, je balance ! Allons c'est inutile;
Ce n'est qu'ici qu'au gré de mes desirs,
Je suis certain de trouver à bon compte
De quoi pourvoir à d'innocens plaisirs.
Je fais mon choix : combien ?—Tant; et je compte
A la marchande un argent bien placé.
Rendu chez moi, je te regarde encore,
Je te caresse, et t'admire, et t'explore....
Mon tiroir s'ouvre, et te voilà classé.
De ton emploi je ne suis point en peine;
Et dûsses-tu demeurer toujours blanc,
Quand je te vois, tu réjouis ma veine,
Tu me distrais et rafraichis mon sang.

   Ainsi Bemrode, à ce que dit l'histoire
Que Montolieu se plut à publier,
Depuis trente ans, conservait maint cahier
Où le sujet, resté dans l'écritoire,
Était marqué, pour ne pas l'oublier,
Par son seul titre. Admire sa constance !
De ces cahiers, sa plus chère espérance,
De temps en temps ouvrant le magasin,
Il contemplait leur candide ordonnance,
Il s'échauffait bientôt à leur présence,
Et sur le point de les remplir enfin....
Les laisser blancs était sa jouissance :

Le papier blanc lui paraissait divin.
Depuis trente ans encore , aimant sa femme,
C'était entre eux même cœur et même âme ;
Rien ne troublait un si parfait accord.
Mais le papier !... C'était une autre game.
Lui , l'adorait; sa femme , sans remord ,
En eût, pour rien , pillé tout une rame :
Tu causais seul leur unique discord.
Je le crois bien; s'il est vrai que la dame
Un jour osa, dans son impiété ,
Te découper en rond sous un pâté !

Chez moi, du moins, tu ne crains nulle offense ;
Et par ma femme un peu moins au rabais ,
Loin d'amener la mésintelligence ,
Tu ne lui sers qu'à ramener la paix.
Oui , je t'ai vu, d'un modeste ménage
Que des débats troublaient pour un moment,
Prenant sur toi les hasards d'un message ,
Faciliter le raccommodement....
Qu'un tel papier devienne un monument !
Qu'auprès de lui , de mon malheureux père
Mon cœur brisé reconnaisse la main !
Main révérée !... Et vous, ma tendre mère,
Vivez pour moi sur ce nouvel airain !
Gardons encor tant de lettres chéries,
D'épanchemens, d'aimables causeries ,
Gages légers que tu me procuras !
Combien de fois les lettres rassurantes
D'un bon ami que je nomme tout bas,
Par mille soins, mille preuves touchantes ,

Ont en plaisirs changé nos embarras !....
Gages légers ! vous ne périrez pas.

Parfois, enfin , à profit l'on t'emploie.
L'auteur pressé , sur tes moindres débris,
Qui du néant devaient être la proie ,
Fixe une idée , ébauche ses écrits :
Un mot impropre à d'autres le renvoie....
Et par degrés sa phrase se nettoie.
A l'instant même où , te rimant ces vers ,
J'écris , j'efface et griffonne à cœur-joie ;
A mon brouillon , par morceaux , tu me sers ,
En attendant qu'un matin je m'amuse
A mettre au net le talent de ma Muse ,
Sur un cahier orné de rubans verts.

Bien tard pourtant nous vint la connaissance
De tant de biens. Long-temps le papyrus
Recueillit seul notre reconnaissance ;
Mais, chèrement payant son assistance ,
Aux bords du Nil nous portions nos tributs ;
Quand l'industrie , infatigable en France ,
A nos besoins habile à se ployer ,
D'un vil chiffon sut tirer le papier.
De ces tributs tu réparas l'injure ,
Et devenu plus digne de renom ,
Du papyrus tu n'as plus que le nom.

Ne te plains pas de ta naissance obscure ;
Nous sommes tous enfans de la Nature ;
Dieu nous forma du plus impur limon....
L'utilité : voilà notre blason.
Enfant des arts , parais à la lumière !
Fais nous revivre et Racine et Molière ;

Répands partout l'ame de Fénélon;
Ouvre à Bossuet une immense carrière;
Rends nous encor notre éloquent Buffon,
L'âpre Michel, le malin La Bruyère,
Et Lafontaine, unique en sa manière,
Penseur naïf, enfant plein de raison!
Remplis enfin ta destinée entière,
Et ton fond pur, fécondé par Landon,
Multipliant Raphaël et Ténière
Et les grands traits par Girodet conçus,
Tu rends à l'art plus que tu n'en reçus!

Fais plus encor! D'un plus modeste usage,
Accueille aussi les leçons du bon sens;
Dans sa retraite accompagne le sage;
Sois un recours aux malheureux absens;
Entretiens l'ordre au sein d'un bon ménage;
Sers l'amitié quand, par elle invité,
A son repas, au lieu du persiflage,
Je vois l'esprit s'unir à la bonté.

De mes enfans souffre les traits informes.
Qu'ont-ils fait là?.. des saules ou des ormes?
Je n'en sais rien..... Mais je suis enchanté!
Une maison... Une église... Un nuage...
Et ce soldat qui, le sabre au côté,
Une moustache au travers du visage,
L'œil dans le front, sur deux bâtons porté,
Passe en hauteur le clocher du village!
Son chien le suit, construit à peu de frais:
Un nez camus, une queue en trompette,
Un corps tout rond, des chevrons pour jarrets:
En quatre coups, voilà la bête faite.....

Par ces essais le goût n'est pas blessé ;
Chaudet, Gérard ont ainsi commencé !

Ah ! quand revient le jour de notre fête,
Prête une feuille à leur timide main ;
Sur ta blancheur leur œil content s'arrête :
De leurs efforts le succès est certain.
Le plus petit n'a fait que des jambages ;
L'autre à sa mère offre un discours latin ;
L'aîné s'avance, il a fait un dessin...
Mon bon ami ! je te dois ces hommages.
Et quand leurs sœurs s'approchent à leur tour,
En souriant de respect et d'amour,
Pour nous offrir une toile légère
Qui fut brodée avec soin et mystère :
N'est-ce pas toi qui, sous d'heureux replis,
Voilant encor la secrète entreprise,
Va, par degrés, à nos yeux attendris,
De leur travail ménager la surprise ?

En t'écrivant, à plus d'un souvenir
Mon cœur se plaît.... Pourtant il faut finir.
Unis toujours l'agréable à l'utile,
Et remplissant ce point si difficile,
Qui de chacun te fera bien venir,
Poursuis le cours de ton destin prospère :
Brille, distrais, secours, étonne, éclaire !
Mais que toujours je te trouve en bon lieu....
Adieu te dis, papier charmant... Adieu.

De l'Imprimerie de NOUZOU, rue de Cléry, N°. 9.